dtv

Reihe Hanser

Hermann Schulz

DIE REISE NACH ÄGYPTEN

Eine Geschichte für alle Jahreszeiten

Mit Bildern von
Tobias Krejtschi

dtv

Ausführliche Informationen über
unsere Autoren und Bücher
www.dtv.de

MIX
Papier aus verantwortungsvollen Quellen
FSC® C014889

Originalausgabe

Umschlag: Tobias Krejtschi
Gesetzt aus der ITC Stone Informal 12/15˙
Satz: Fotosatz Amann, Memmingen
Druck und Bindung: Druckerei Pustet, Regensburg
Gedruckt auf säurefreiem, chlorfrei gebleichtem Papier
Printed in Germany · ISBN 978-3-423-64022-0

*»Die Wahrheit ist eine Lüge, die
Fernando Silva erzählt!«*

Eduardo Galeano, Schriftsteller aus Uruguay

Wie sich einem Autor manchmal Geschichten in den Weg stellen

Mein Freund, der Arzt und Dichter Dr. Fernando Silva aus Nicaragua, hat ein beeindruckendes Buch über seine Kindheit am Fluss Rio San Juan geschrieben. Diesen Fluss habe ich vor ein paar Jahren bereist und den Ort El Castillo besucht, wo Fernando geboren wurde. Sein Vater war Kommandant der Polizei und erzählte gern, dass der berühmte englische Lord Nelson sich seine Gehbehinderung auf der Burg zugezogen habe, die von den spanischen Eroberern auf dem Hügel über der Stadt errichtet worden war. Er sei auf den hohen groben Stufen ausgerutscht und schlimm gefallen. Später wurde sogar eine Briefmarke mit dem Lord und der Burg im Hintergrund in den Handel gebracht, eine gesuchte Rarität unter Sammlern historischer Motive.
Dort, an der Grenze zu Costa Rica, liegt eine der schönsten Dschungel-Landschaften der Welt. Das

fanden schon vor zweihundert Jahren Reisende aus Europa und Amerika.
In seinem Buch *El Comandante* erzählt Fernando von diesen Schönheiten, aber auch von vielen anderen erstaunlichen Dingen. Zum Beispiel, dass der amerikanische Schriftsteller Mark Twain mit seinen beiden Söhnen Tom Saywer und Huckleberry Finn eines Tages mit einem Schiff dort angelegt habe; er habe selbst mit den beiden Jungs gesprochen und sei mit ihnen auf die Burg geklettert!
Das kam mir seltsam vor, denn als Fernando ein Kind war, lebte Mark Twain schon lange nicht mehr. Immer wenn wir uns trafen, wollte ich ihn danach fragen. Aber wenn wir zusammensaßen, redete er so viel von alten und neuen, großen und kleinen Ereignissen der Stadt und von seinen neuesten Geschichten, dass ich die Angelegenheit wieder vergaß. Er war immer schon ein wunderbarer Erzähler.
Vielleicht sollte man sich auch manche Fragen besser selbst beantworten, als seine Freunde damit zu nerven! Und wir alle wissen sowieso, dass Tom Saywer und Huckleberry Finn unsterblich sind. Und ihr Vater Mark Twain auch.

Vor zwölf Jahren habe ich Fernando zum letzten Mal besucht. Ihm gehe es nicht gut, hatten mir gemeinsame Freunde gesagt. Also fuhr ich zu ihm nach Hause; ich wollte nicht nach Deutschland zurückreisen, ohne ihn gesehen zu haben. Tatsächlich war er deutlich gealtert und lief mühsam an einem Stock. Trotzdem sprach er so lebendig wie immer, vor allem, wenn es um seinen Beruf als Arzt in seiner Kinderklinik *La Mascota* in Managua, der Hauptstadt des Landes, ging. Ich wusste, er war ein guter Arzt mit langer Erfahrung und hohem Ansehen.

Ich bewunderte ihn noch aus anderen Gründen: Er lud die Schriftsteller der Stadt ein, mit seinen kleinen Patienten Gedichte zu schreiben. Er hatte an seiner Klinik einen großen Garten mit Heilkräutern angelegt, weil er sich nicht allein auf die Medikamente aus Europa und Nordamerika verlassen wollte. Er fragte die alten Bäuerinnen und Bauern in den Bergen seines Landes nach ihren Heilrezepten. Und nutzte sie für seine Patienten.

Ich bedaure, ihn nicht auf solchen Reisen begleitet zu haben. Wenn man in Eile durch fremde Länder reist, verpasst man oft die Dinge, die wirklich wichtig sind.

Als ich Fernando zum letzten Mal traf, war Weihnachten gerade vorüber. Sicher war das der Grund, warum er sich an einen ganz besonderen Heiligen Abend erinnerte. Er erzählte wie immer sehr schnell, manchmal ging es auch arg durcheinander. Was er damals erzählte, gewann ein Eigenleben in meiner Erinnerung. So entstehen ja Geschichten! Wie die von der Reise nach Ägypten.

Als ich sie Fernando am Telefon vorgelesen hatte,

lachte er: »Ja, ich erinnere mich an unsere Begegnung. Und dass ich dir von diesem Heiligen Abend erzählt habe. Das meiste hast du richtig verstanden, lieber Freund. Einiges hat sich ganz anders zugetragen. Aber das macht nichts, denn genau so habe ich sie gemeint!«
Da war ich beruhigt.

Die Reise nach Ägypten

Doktor Fernando verfolgte lange seinen Plan, ein Krankenhaus nur für Kinder zu gründen. Er bettelte bei reichen Leuten um Geld, denn er selbst besaß nicht viel. Und tatsächlich dauerte es nicht lange, bis er eine alte, leer stehende Fabrikhalle kaufen konnte. Sie lag am Ende einer Straße, wo die wohlhabenden Familien von Managua lebten. Direkt hinter dem Gebäude begannen die Bretter- und Wellblechbuden der Armen. Genau hier sollte sein Krankenhaus entstehen. Maurer, Klempner, Schreiner, Zimmerleute und Anstreicher rückten an. Nach kurzer Zeit schon waren sie mit den Arbeiten fertig. Fünf große Schlafsäle, drei Büroräume, ein Badezimmer, eine Küche und eine *Bodega*, ein Lagerraum für Bettwäsche, Kleidung und Medikamente, waren entstanden; draußen ein Spielplatz und ein Garten für Heilkräuter.

La Mascota sollte das neue Krankenhaus heißen, das bedeutet: Die Glücksbringerin!
Es dauerte nur ein paar Wochen, bis die meisten Betten belegt waren. Viele Kinder kamen aus armen Familien, aber auch die Reichen vertrauten Doktor Fernando ihre Kleinen an. Denn er galt als der beste Kinderarzt in der Stadt!
Ob Reich oder Arm, bei ihm wurden alle gleich behandelt. An seiner Seite hatte er eine verlässliche Mitarbeiterin, Krankenschwester Salvadora. Sie sorgte dafür, dass Ordnung herrschte, denn ihr Chef war oft zerstreut und mit seinen Gedanken abwesend. Sie konnte wunderbar mit den Kindern umgehen und hatte einen besonderen Humor, mit dem sie die Kleinen aufheiterte. »Jedes Kind ist ein Edelstein«, sagte sie manchmal und meinte es auch so.
Schwester Salvadoras eigene Kinder waren schon erwachsen, sodass sie sich ganz ihrem Beruf widmen konnte. Fernando konnte sich keine bessere Hilfe denken!

Eines Morgens öffnete sie wie jeden Morgen die Eingangstür des Krankenhauses. Fast wäre sie über einen kleinen Jungen gestolpert, der da auf den Stufen saß. Er war vielleicht fünf oder sechs Jahre alt.
»Was machst du denn hier, mein Junge?«, fragte sie überrascht.
Die Antwort kam mit piepsiger Stimme: »Ich heiße

Filemón und bin krank. Die anderen haben mich heute Nacht hierhergeschleppt.«
»Wer sind denn die anderen?«, fragte Schwester Salvadora.
Filemón schüttelte den Kopf. So viele Fragen sie ihm auch stellte, mehr war aus ihm nicht herauszubekommen.
Vielleicht weiß er nicht mehr, dachte sie. Vermutlich, wie so oft schon, war Filemón eines der vielen Straßenkinder ohne Eltern und Familie. Davon gab es in ihrer Stadt leider eine ganze Menge. Es war auch

nicht das erste Mal, dass ein solches Kind bei ihnen auftauchte.

Der Junge hatte nur Lumpen am Körper, war schmutzig und seine Haare verfilzt. Die Schwester nahm ihn erst einmal mit hinein, ließ Wasser in eine Wanne und sorgte dafür, dass Filemón ausführlich gebadet wurde. Als der Junge, eingehüllt in ein weißes Badetuch, vor ihr saß, schnitt sie ihm die Haare, denn es war unmöglich, die dichten schwarzen Locken zu kämmen. Aus der Kleiderkammer bekam der Junge ein sauberes Nachthemd und aus der Küche einen Teller Reis mit Bohnen und Rührei.

Während der Junge das Essen hinunterschlang, sagte sie: »So, wenn du fertig bist mit dem Essen, gehen wir zu Fernando. Der ist ein lustiger Kerl.«

Das schien dem Jungen nicht zu gefallen.

»Ich brauch keinen lustigen Kerl, sondern einen richtigen Arzt, haben die anderen gesagt!«, entgegnete Filemón unwillig. Er wusste sehr wohl, was er wollte.

»Keine Sorge, mein Kleiner. Fernando ist ein sehr guter Arzt. Einen besseren findest du in der ganzen Stadt nicht!«

Sie klopfte an das Zimmer des Doktors. Da standen ein Schreibtisch, Geräte, ein paar Stühle und eine Liege für die Behandlung der Kranken. In einem großen Schrank mit Glasfenstern stapelten sich Schachteln und Gläser mit Medikamenten. Und in einem Regal daneben hatte Fernando einige Exemplare der

Bücher untergebracht, die er selbst geschrieben hatte. Romane, Sammlungen mit Erzählungen und Gedichte, denn er war auch ein angesehener Schriftsteller. Natürlich hatte Schwester Salvadora alles gelesen, was ihr Chef geschrieben hatte. Und sie fand seine Bücher wunderbar. Man spürte aus seinen Geschichten, dass er die Menschen, ob Alt oder Jung, liebte!
Doktor Fernando war ein humorvoller Mensch, immer zu Scherzen aufgelegt. Kinder und Erwachsene freuten sich schon, wenn sie ihn nur sahen. Dann mussten sie lächeln, auch wenn er noch kein Wort gesagt hatte. Aus seinen Augen blitzten Lebensfreude und Heiterkeit.
Seine Freunde wussten aber, dass er sehr viel und an manchen Tagen zu viel arbeitete. Trotz der vielen Arbeit, der vielen Probleme und den Geldnöten, in denen das Krankenhaus oft steckte, war er anscheinend ganz sorglos. Er glaubte an die Glücksbringerin.
Wenn Schwester Salvadora ihm sorgenvoll klagte, da sei wieder ein Kind eingeliefert worden, das keine Eltern habe, und wer denn die Rechnung bezahlen würde, dann antwortete Doktor Fernando einfach:
»Wichtig ist doch nur, dass das Kind gesund wird, Schwester Salvadora! Und wie ein Vögelchen durchs Fenster davonflattern kann. Dann kommt das Geld durch die Tür schon wieder herein.«
Und tatsächlich war es Fernando bisher immer gelungen, die Gehälter und die vielen Rechnungen des

Krankenhauses zu bezahlen. Schien die Lage schwierig zu werden, ging er auf Betteltour bei seinen wohlhabenden Freunden, Geschäftsleuten oder Fabrikbesitzern. Wenn er dann auftauchte und gespielt sorgenvoll guckte, wussten sie schon, dass sie schnell einen Scheck als Spende ausstellen mussten.
Wenn Doktor Fernando von einer der Krankenschwestern bei der Untersuchung eines Kindes unterbrochen wurde, weil jemand ihn am Telefon sprechen wollte, sagte er regelmäßig: »Ich rufe zurück!« Dann lächelten seine Mitarbeiterinnen, denn sie wussten, dass Doktor Fernando gar nicht richtig zugehört hatte. Nein, stören ließ er sich während der Arbeit nicht. Garantiert würde er nicht zurückrufen. Deshalb notierte Schwester Salvadora jeden Anruf und erinnerte ihren Chef, wenn es um wichtige Angelegenheiten ging.

»Da haben wir ja den kleinen Filemón«, sagte er, als Schwester Salvadora mit dem neuen Patienten an der Hand sein Arbeitszimmer betrat. »Dann wollen wir uns das Vögelchen mal genauer ansehen!«
Doktor Fernando untersuchte den Jungen gründlich. Während er eine Blutprobe entnahm, ihn abhorchte, abklopfte und in Mund und Augen sah, stellte er Fragen:
Wo ist denn dein Zuhause?
Hast du keine Eltern?

Keine Geschwister? Keine Freunde?
Wo hast du denn bisher geschlafen?
Aber mehr als Schwester Salvadora bekam er nicht heraus. Der kleine Junge schüttelte bei allen Fragen nur den Kopf. Kein Wort kam über seine Lippen. Vielleicht steckt er voller Angst, weil er krank ist, dachte der Arzt. Vielleicht ist er noch unsicher in der fremden Umgebung. Er sprach mit sanfter Stimme zu ihm und tat alles, um den Kleinen zu beruhigen.

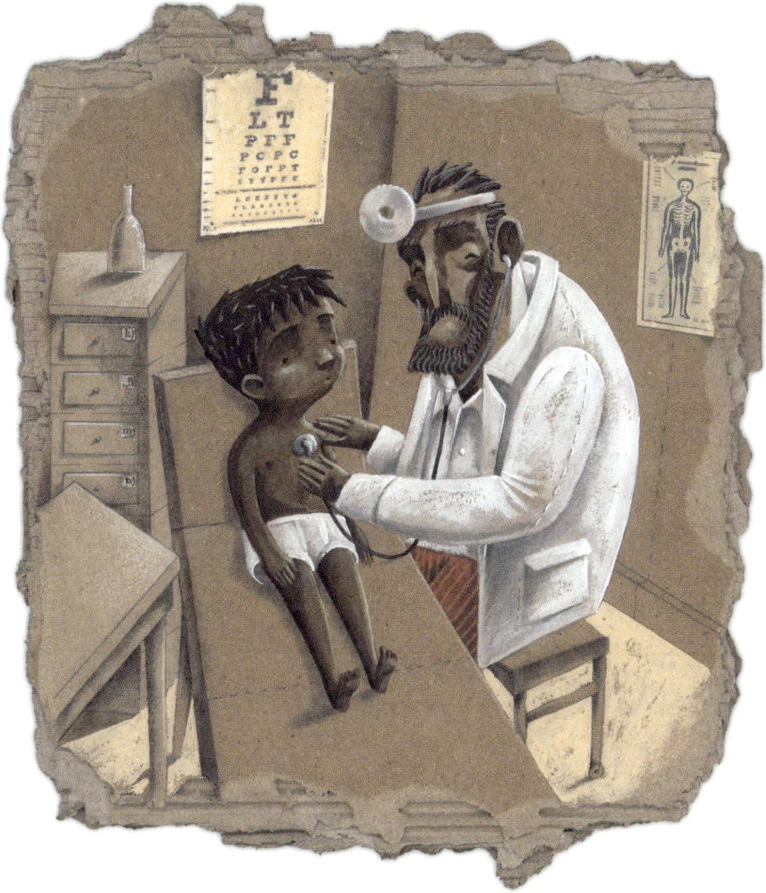

Am darauffolgenden Tag fuhr Doktor Fernando mit Filemón in eine große Klinik. Dort konnte er moderne Geräte benutzen, über die er in *La Mascota* nicht verfügte. Er wollte in das Innere des Körpers schauen, um mehr darüber zu erfahren, was dem Kleinen fehlte.

Als er alle Untersuchungsergebnisse vorliegen hatte, beriet er sich mit den erfahrenen Kollegen der Klinik. Vermutlich gab es mehrere Gründe für die schlechte Verfassung des Kindes. Einige Organe funktionierten nicht mehr richtig, Vitaminmangel und Unterernährung hatten ihre Spuren hinterlassen; der Darm voller Amöben, vermutlich ein böser Abzess an der Leber. Mehrere Krankheiten, an denen Filemón litt, waren so weit fortgeschritten, dass Doktor Fernando befürchtete, dass es für eine erfolgreiche Behandlung schon zu spät sein könnte.

Als sie ins *La Mascota* zurückkehrten, gab Doktor Fernando Filmón alle nötigen Medikamente, die er zur Verfügung hatte und von denen er hoffte, dass sie dem Jungen zumindest Linderung brachten. Und er ermahnte seine Mitarbeiterinnen, auf den Kleinen besonders gut aufzupassen.

Mehr kann ich im Moment für ihn nicht tun. Vielleicht wird er sterben müssen, dachte Doktor Fernando traurig.

Leider kam es häufig vor, dass Kinder aus armen Verhältnissen eingeliefert wurden, denen nicht mehr geholfen werden konnte. Das waren für ihn und seine Krankenschwestern immer traurige Tage.

Der Dezember war gekommen, und alle Welt bereitete sich auf Weihnachten vor. Schwester Salvadora sorgte dafür, dass die Zimmer der Kinder weihnachtlich geschmückt wurden. In den Fluren hingen bunte Girlanden mit Lametta, Bilder von Engeln, leuchtenden Sternen, der Heiligen Könige und Hirten mit ihren Schafen. Und natürlich schmückte sie eine Weihnachtskrippe wie in jedem Jahr.

Am Heiligen Abend, wenn die letzten Besucher gegangen waren, erzählte der Doktor in den fünf großen Krankenzimmern seiner Klinik die Weihnachtsgeschichte. Und jedes Kind bekam ein kleines Geschenk. Darum kümmerten sich die Krankenschwestern, denn Doktor Fernando hatte zu viel zu tun. Außerdem würde er vielleicht irgendwelchen Kram kaufen, der den Kindern keine Freude machen würde. Da kannten die Schwestern sich besser aus.
Jetzt war es wieder so weit.

Fernando kam mit großen Schritten in den Raum gestürmt, wo die Krankenschwestern arbeiteten. Er blickte auf die Wanduhr, die ein reicher Uhrenhändler dem Hospital geschenkt hatte.
»Was? Schon fünf Uhr, Schwester Salvadora!? Dann

mache ich jetzt meine Runde. War alles ruhig bei unseren vierzig Zwergen?«

»So weit ja«, antwortete sie. »Nur Filemón macht mir Sorge. Er hat vor Aufregung kaum etwas gegessen heute Abend. Ich habe versucht, ihn zu beruhigen, aber es war zwecklos!«

»Was ist denn passiert? Hat sich sein Zustand verschlechtert?«, fragte der Arzt besorgt.

»Richtig gut geht es ihm ja nie!«, antwortete Schwester Salvadora. »Aber heute ist er furchtbar aufgeregt. Die anderen Kinder haben ihm erzählt, dass Sie am Heiligen Abend immer noch eine Runde durch alle Krankenzimmer machen, lustige Geschichten erzählen und Geschenke für alle bringen.«

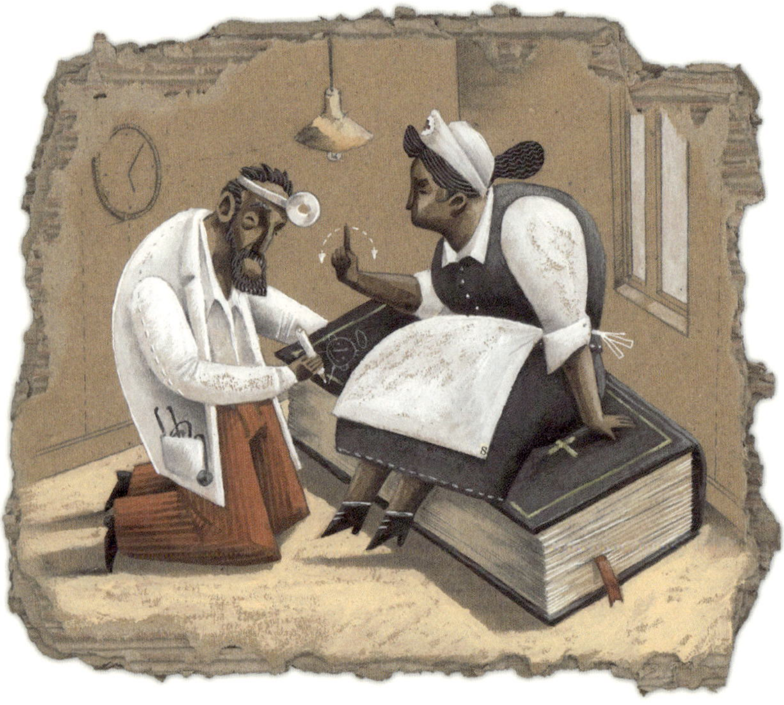

»Ich erzähle nicht *irgendwelche* lustigen Geschichten, Schwester Salvadora! Sondern die Weihnachtsgeschichte«, verbesserte Doktor Fernando sie. »Ich mach das immer auf meine Art, ohne feierlichen Klimbim. Sie verstehen schon …«

Da lachte die Krankenschwester.

»Davon reden die Kinder in jedem Jahr noch tagelang! Hoffentlich hört das Christkind nicht zu! Ich bin mir nicht sicher, ob es von Ihrer Art und Weise, von seiner Geburt zu erzählen, begeistert wäre …«

»Aber das Christkind hat doch richtig viel Humor«, sagte Doktor Fernando und lachte, »haben Sie das vergessen?«

»Da habe ich wohl in der falschen Bibel gelesen! Wo geht es denn in der Weihnachtsgeschichte humorvoll oder lustig zu? Da ist doch alles ganz feierlich und voller Wunder, oder?«, wollte Schwester Salvadora wissen.

Aber Doktor Fernando war nie um eine Antwort verlegen.

»Die Bibel ist sowieso schon zu dick, da kann nicht alles drinstehen, was wichtig ist! Das erkläre ich Ihnen ein anderes Mal. Heute habe ich keine Zeit, meiner besserwisserischen Stationsschwester eine Lektion in Bibelkunde zu erteilen. Außerdem bin ich kein Pastor oder Priester! Wo kommen wir denn dahin!?« Er sah auf die Uhr. »Jetzt ist es fast schon halb sechs. Kurz nach sieben muss ich nach Hause. Da

warten Gäste auf meine Frau und auf mich. Also ich mach jetzt meine Runde. Wenn ich fertig bin, komme ich noch mal rein!« Er wandte sich zum Gehen.
»Vergessen Sie die Geschenke nicht, Doktor!«, rief Schwester Salvadora ihm hinterher und zeigte auf einen großen Sack. »Ich habe an jedes Teil den Namen geklebt oder angesteckt. Damit Sie nicht wieder alles durcheinanderbringen! Wie im letzten Jahr!«

Die Kinder im ersten Zimmer begrüßten den Arzt begeistert.
»Hallo, Doktor!« – »Der Doktor kommt!« – » Der alte Fernando ist da!« Es war ein ziemliches Durcheinander der Stimmen von allen Seiten.
»Sofort alle unter eure Decken!«, rief Doktor Fernando streng und hob drohend einen Finger.
Die Kinder wussten schon, wie das gemeint war. Sie kicherten, aber sie gehorchten sofort.
»Also heute bin ich der Doktor, der Weihnachtsmann, das Christkind, der Nikolaus und Knecht Ruprecht in einer Person!«
»Das geht ja gar nicht! Du bist der alte Doktor Fernando!«, rief ein kleines Mädchen.
»Du bist ja nur der Fernando mit dem Bart! Los, wir wollen eine Geschichte hören, wie im letzen Jahr!«, verlangte der kleine Elbis.
»Woher weißt du das denn, du Schlauberger? Du warst ja im letzten Jahr noch gar nicht hier!«

»Das haben die anderen erzählt, die schon weg sind«, erklärte Elbis.
Die Kinder sahen jetzt nur noch gespannt auf Fernando und in sein konzentriertes Gesicht. Endlich konnte er beginnen. Er stellte den Sack mit den Geschenken ab, tanzte zwischen den Betten hin und her und sang nach einer Melodie, die er sich selbst ausgedacht hatte:
»Maria hatte einen dicken Bauch und ihr Mann, der Josef, auch!«
Das gefiel den Kindern. Als das Gelächter verstummt war, erzählte Doktor Fernando weiter.
»Der Schreinermeister Josef hatte ordentlich gefuttert. Deshalb war er ein bisschen dick geworden, obwohl er noch ein ganz junger Kerl war und viel arbeiten musste in seiner Werkstatt.« Fernando streckte theatralisch übertrieben seinen Bauch vor. »Sooo dick war er ungefähr. Seine Frau Maria aber ... Was hatte sie in ihrem dicken Bauch?« Doktor Fernando guckte von einem Bett zum anderen.
»Auch zu viel gegessen vielleicht!?«, schrie ein kleiner Junge aus der Ecke.
Das aber ließ der Doktor nicht gelten.
»Das ist ja ganz falsch. Maria aß morgens nur ein bisschen Reis mit Bohnen, mittags ein Butterbrot und abends ein Stück Torte zum Tee. Manchmal zwischendurch schon mal einen Schokoriegel, aber ganz selten! Also: Was steckte in ihrem dicken Bauch?«

»Das Christkind oder wie das heißt!«, schrie der kleine Elbis.

Da meldete sich Terese: »Das Neugeborene heißt doch eigentlich Jesuskind! Und nicht Christkind, oder?«

»Beide Antworten sind richtig!«, lobte Doktor Fernando. »Manche Kinder haben eben zwei Namen, das gibt es heute auch. Bald sollte das Kind geboren werden. Ihr wisst ja, Kinder verstecken sich erst einmal im Bauch ihrer Mama, weil sie noch so ängstlich sind, sich nicht rausgetrauen und sich schon Gedanken darüber machen, was sie da draußen anziehen sollen. Am liebsten würden sie ewig im warmen Bauch der Mutter bleiben. Aber irgendwann ist Schluss! Dann müssen sie ans Licht und auf die Welt kommen! Sie klopfen an den Bauch der Mutter und brüllen los: ›Los jetzt, *Mamita*! Ich will endlich raus hier! Und sorg dafür, dass ich was anzuziehen habe!‹

Als es im Bauch von Maria schon mächtig grummelte und klopfte, war sie mit ihrem Mann Josef noch unterwegs auf einer Landstraße. Es war richtig kalt, und es schneite. Durch das Schneegestöber aber sahen sie, dass sie schon in der Nähe eines Ortes waren.

›Wenn ich mich nicht irre, ist das da drüben Bethlehem‹, sagte Josef.

Die beiden mussten nämlich was Dringendes in der Stadt erledigen. Weiß denn jemand von euch, was die beiden vorhatten?«

Die kleine Terese stammelte ganz aufgeregt: »Damals mussten alle, also, die mussten dahin, wo sie wohnten oder früher gewohnt hatten oder geboren waren, und Schätze suchen oder so!«
Die meisten der kleinen Zuhörer hörten gespannt zu. Nur der freche Elbis war damit gar nicht zufrieden.
»Schätze suchen ist ja ganz falsch! Was denn für Schätze? Das stimmt ja gar nicht!«

Da musste der Doktor eingreifen.
»Sie wollten keine Schätze suchen, liebe Terese, sie mussten *geschätzt* werden, sagte man damals. Sie waren unterwegs zu einer Meldestelle von der Regierung. Die Verwaltung hatte eine Liste, da standen alle Einwohner mit Vor- und Nachnamen drauf. Da mussten sie sich melden. Wenn sie das erledigt hatten, konnten sie wieder nach Hause gehen.
Und wie hießen eigentlich Josef und Maria mit Nachnamen? Weiß das jemand von euch?«
Da waren die Kinder ratlos und tuschelten herum.
Nur Terese hatte einen Vorschlag: »Gott vielleicht? Oder Weihnachtsmann?«
»Der Weihnachtsmann kam erst viel später«, erklärte der Doktor. »Ich weiß es auch nicht genau, aber ich glaube, damals hatten die Menschen nur Vornamen. Das musste reichen, weil noch nicht so viele Menschen auf der Erde lebten wie heute. Man setzte einfach den Ort hinter den Vornamen, den Ort, woher sie kamen. Jesus von Nazareth zum Beispiel.
Maria von Nazareth, die bald seine Mutter sein würde, fasste sich an den Bauch und sagte aufgeregt: ›Josef, bald kommt es!!!‹
Josef war ganz in Gedanken. Er dachte an das nächste Essen, weil er schon wieder Hunger hatte, und fragte zerstreut: ›Wer kommt, liebe Maria? Kriegen wir etwa Besuch?‹
Maria nuschelte grantig: ›Dummkopf! Da kommt

doch kein Besuch! Und auch nicht der Weihnachtsmann oder der Osterhase! Hast du etwa vergessen, dass wir bald ein Kind bekommen?‹«

Doktor Fernando sah sich im Krankenzimmer um und hob einen Finger: »Sondern …? Wer weiß es? Wen erwartete die dicke Maria?«

»Das Christkind!« – » Das Jesuskind!« – »Wie in jedem Jahr!«, schrien alle durcheinander.

»Richtig«, lobte der Doktor. »Da sagte Maria: ›Hör mal her, Josef! Soll ich das Christkind etwa hier auf der Straße bekommen? Wie stellst du dir das vor? Suche ein schönes Hotel für uns!‹

Da antwortete Josef traurig: ›Die sind doch alle ausgebucht, weil gerade Weihnachtsferien sind.‹

Außerdem steht in der Bibel … Nein, nein! Ich hab mich vertan. Die Bibel wird ja erst später geschrieben, als die ganze Geschichte schon passiert war.

›Maria, ich habe eine Idee! Wir suchen uns einen schönen warmen Stall an diesem kalten Wintertag. Dann müssen wir kein Zimmer bezahlen und sparen Geld. Und außerdem wird es Zeit, dass wir uns mal ein bisschen ausruhen!‹

Maria war sofort einverstanden. Sie gehörte nicht zu den Frauen, die ihren Männern immer widersprechen!«

Dieses Mal war es Laureano, der dazwischenrief: »Meine Mama macht das immer! Da wird mein Papa echt sauer und macht Terror bei uns zu Hause!« Dann

wollte er wissen: »Aber warum denn ein Stall, Doktor?«
»Weil es in der Bibel steht. Außerdem waren alle Hotels voller Touristen, hab ich doch gesagt! Jetzt hört erst einmal zu, wie die Geschichte weitergeht. Also, sie fanden einen schönen Stall. Der stand mitten auf einem Feld, direkt bei dem Ort Bethlehem. Weil es immer noch mächtig schneite, waren die beiden froh, endlich eine Unterkunft gefunden zu haben, um sich aufzuwärmen. Als sie die Türe zum Stall öffneten, sahen sie, dass sie nicht alleine waren. Und richtig warm war es in der Bude. Denn da standen ein Ochse und ein Kamel …«
»Falsch! Falsch! Kein Kamel! Da stand doch ein Esel bei dem Ochsen! Weiß doch jeder!«, rief Julio dazwischen.
»Ich bringe schon alles durcheinander«, sagte der Doktor. »Wie gut, dass wir den schlauen Julio bei uns haben. Der hat gut aufgepasst, als der Pastor hier war. Sicher hat er euch aus der Bibel etwas vorgelesen. Das machen Pastoren immer! Also Ochse und Esel standen da. Wenn zwei so große Tiere in einem Stall stehen, braucht man auch im kalten Winter nicht zu frieren. Da ist es schön warm! Wenn nämlich die Tiere ausatmen, ist das wie eine Heizung: Puhhh! Die beiden hatten es sich gerade gemütlich in Stroh und Heu eingerichtet, da wurde das Kind geboren. Ein kleiner Junge.«

Der Doktor machte eine Pause, sah von einem Kind zum anderen, hob seinen Zeigefinger und sprach langsam weiter.
»Was Maria und Josef nicht wussten, war, dass über dem Stall jemand heimlich eine große Lampe angebracht hatte, einen starken Leuchtstrahler. Wie im Fußballstadion.«
Aber solche Märchen glaubten die Kinder nicht, auch wenn einige unsicher guckten.
»Wieder falsch! Das war doch keine Lampe. Das war ein Stern!«, schrie Terese.
Der Doktor fasste sich an die Stirn und schüttelte den Kopf.
»Ach ja, jetzt erinnere ich mich. Das war keine Lampe, das war ein Stern, der da über dem Stall leuchtete! Und was für einer! Und den sahen die Heiligen drei Osterhasen aus dem Morgenland …«

»Das stimmt doch gar nicht! Doch keine Osterhasen! Das waren die Heiligen Drei Könige!« Julio wusste wirklich gut Bescheid.
»Richtig, die drei Könige. Aber auch Könige kann man schnell mit Osterhasen verwechseln, wenn man sich nicht auskennt! Die drei machten sich sofort auf den Weg, sie ahnten schon, dass dieser Stern etwas Wichtiges zu bedeuten hatte. Denn so etwas sieht man nicht alle Tage. Als sie schon ganz in der Nähe waren, trafen sie auf ein paar Hirten, die trotz des schlechten Wetters bei ihren Schafen geblieben waren.
›Habt ihr eine Ahnung, was das für ein Stern ist da oben?‹, fragten sie. ›Wir sind nicht von hier, aber ihr könnt es uns sicher sagen!‹
Die Hirten zuckten mit den Schultern. ›Woher sollen wir das wissen?!, sagten sie. ›Besser wir gucken mal nach. Wir gehen mit, das interessiert uns auch!‹
Gemeinsam zogen sie los und klopften an die Tür des Stalls.
Josef machte ihnen auf. ›Kommt rein, Jungs! Schnell die Tür hinter euch zumachen, sonst wird es dem Christkind kalt!‹
Nachdem die Männer sich den Schnee abgeklopft hatten, begrüßten sie Maria und stellten sich artig vor: ›Ich bin König Kaspar, die beiden Kollegen hier sind auch Könige und heißen Balthasar und Melchior!‹

›Und wir sind die Schafhirten, ganz aus der Nähe vom Feld da drüben.‹

›Nicht so laut, bitte‹, flüsterte Josef. ›Sonst wird das Kind noch wach! Nun setzt euch, Jungs‹, sagte Josef, ›macht es euch bequem.‹

Sie suchten sich Plätze auf dem Stroh, das überall herumlag. Die Hirten hatten nichts zum Essen dabei, aber die Könige hatten vorgesorgt. Sie packten große Pakete mit Butterbroten aus. Jeder durfte nehmen, was er wollte, und alle hatten genug zu essen.«

Wenn es ums Essen ging, wollten die Kinder unbedingt mitreden. Viele von ihnen wussten, wie es war, wenn man Hunger hatte. Das Geschnatter, das jetzt einsetzte, ging ziemlich durcheinander:

»Pommes wären besser, *Nacatamáles* mag ich auch und *gallo pinto*! Reis mit Bohnen! *Viejo Indio* esse ich am liebsten!«

Da ging die Tür auf, und Schwester Salvadora rief: »Doktor, da ist der Präsident von Amerika am Telefon!« Hinter dem Rücken des Doktors schnitt sie den Kindern Grimassen. Die kannten das Spiel schon und dass Schwester Salvadora dem Doktor wieder einen Streich spielen wollte.

»Ich rufe zurück!«, sagte er mürrisch. Ihm fiel gar nicht auf, dass alle heimlich hinter vorgehaltener Hand lachten.

»So, jetzt bin ich plötzlich der Nikolaus, und jeder von euch kriegt ein kleines Geschenk!«

Der Doktor zog ein Päckchen nach dem anderen aus seiner Tasche, guckte auf das Schildchen und gab es weiter. Dann sah er zu, wie die Kinder die Verpackungen aufrissen und ihre Schätze betrachteten.
»Ein T-Shirt!« – »Eine Bluse!« – »Weingummi!« – »Toll! Guck mal, was du da hast!« – »Und für Terese eine Puppe, die ist aber wirklich toll.«
So ging es ein paar Minuten lang durcheinander.
Aber der Doktor musste weiter und ging zur Tür.

»So, jetzt hat jeder sein Geschenk, und ich muss in das nächste Zimmer. Eure Freunde warten schon. Bis Morgen! Bald wird das Licht ausgemacht! Schlaft schön!«
»Bis morgen, Doktor. Und danke! Frohe Weihnachten!«, schrien die Kinder ihm hinterher.

Doktor Fernando wollte in allen fünf Krankenzimmern die Weihnachtsgeschichte erzählen. Damit es ihm nicht langweilig wurde, erzählte er mal mehr von den Hirten oder den Königen und was sonst noch damals passiert ist und zur Weihnachtsgeschichte gehört. Seine lustige Art zu erzählen gefiel den Kindern sehr gut.

Er öffnete die Tür zum zweiten Krankenzimmer. Kinderstimmen und Rufe überschlugen sich fast; sie hatten ihn schon erwartet.
»Hallo! Wer bin ich?«, fragte der Doktor, als er in der Tür stand.
»Der alte Doktor Fernando bist du!«, krähte ein kleines Mädchen.
»Falsch! Wer weiß, wer ich heute bin?«
»Das Christkind vielleicht?« Verlegen hielt sich der kleine Junge die Hände vors Gesicht.
»Richtig! Heute bin ich mal das Christkind!«, sagte der Doktor.
Damit waren aber nicht alle Kinder einverstanden.

»Aber das Christkind ist ganz klein. Und du mit deinem Bart bist ganz groß! Gib lieber die Geschenke her!«, forderte Leonardo, der in diesem Krankenzimmer immer der Bestimmer sein wollte.
»Wieso Geschenke? Warum denn Geschenke?«, fragte der Doktor und guckte, als wüsste er es nicht.
»Weil Weihnachten ist!«, kam es im Chor.
»Richtig!«, sagte der Doktor. »Und was gehört noch unbedingt zu Weihnachten?«
Die kleine Luisa plapperte sofort los: »Ganz viel Schnee, wenn es anderswo ist, da, wo es kalt ist, aber bei uns Leuchtraketen und Weihnachtsbäume oder Clowns und so.«
»Und was gehört noch zu Weihnachten?«, wollte Fernando wissen.
»Die Weihnachtsgeschichte vielleicht?« Ganz sicher war sich Luisa nicht.
Aber der Doktor nickte. »Genau, die Weihnachtsgeschichte! Also in einem Stall in Bethlehem wurde das Christkind geboren. Da standen Ochs und Esel herum und sorgten mit ihrem warmen Atem dafür, dass niemand frieren musste. Da klopfte es an die Tür.
›Herein, wenn es kein Schneider ist!‹, rief Josef, der Vater. Der war nämlich selber Schneidermeister und wollte keine Konkurrenz, die ihm vielleicht einen Auftrag wegschnappen konnte.«
Die Kinder gingen dem Doktor aber nicht auf den Leim.

»Der Josef war gar kein Schneider, der war doch heilig – oder Schreiner! Zimmermann oder so was!«, schlug der kleine William vor.
»Natürlich, William! Josef war ein Zimmermann. Und heilig sowieso. Und nichts anderes!
Da sagte seine Frau Maria zu ihm: ›Aber, Josef, wir können doch jetzt keinen Besuch empfangen. Sieh mal, wie durcheinander hier alles ist. Überall liegt Stroh und Heu herum. Ich muss erst aufräumen.‹«
»Genau wie bei uns zu Hause!«, schrie es aus einer Ecke. »Wenn Besuch kommt, gibt es erst mal Krach!«
»So ähnlich war es auch bei Josef und Maria. Aber Josef hatte eine andere Meinung als seine Frau und flüsterte, damit die Leute, die vor der Tür standen, es nicht hören konnten: ›Wir können die Leute doch nicht draußen in der Kälte stehen lassen, Maria! Das geht doch nicht!‹
Also ließ Josef die fünf Hirten und drei Könige ein. Die klopften sich erst einmal den Schnee von ihren Jacken und Mänteln. Die Könige putzten außerdem das Eis von ihren Kronen und setzten sie sich wieder auf ihre Köpfe. Als sie damit fertig waren, begrüßten sie Josef und Maria und stellten sich vor, wie sich das so gehört, wenn man sich zum ersten Mal sieht. Und sie betrachteten natürlich neugierig das kleine Kind in der Krippe. Sie ahnten schon, dass der leuchtende Stern über dem Stall mit diesem Kind zu tun haben könnte.

Aber bevor sie ihre Fragen stellen konnten, forderte Josef sie auf: ›Kommt, setzt euch, Jungs! Macht es euch gemütlich, Freunde! Da liegt Stroh genug herum. Habt ihr auch an die Geschenke für das Jesuskind gedacht?‹

Da sagte einer der heiligen Könige: ›Aber sicher doch. Hier sind Weihrauch, Myrrhe und Gold für den Kleinen. Damit kommt ihr eine Zeit lang über die Runden, denke ich.‹

Und einer der Hirten legte ein neugeborenes Schäfchen neben die Krippe.

Josef warf einen Blick auf die Geschenke: ›Ist das alles?‹

›Was fällt dir ein, Josef!‹, fuhr Maria ihn an. ›Wie benimmst du dich den fremden Gästen gegenüber. Das sind doch alles prima Geschenke! Außerdem sind die armen Kerle ja ganz durchgefroren! Schütte ihnen lieber einen Schnaps ein!‹«

Einige Kinder lachten.

Ricardo hatte etwas auszusetzen: »Das steht aber so gar nicht in der Bibel, soviel ich weiß.«

»Richtig, Ricardo! Weißt du, warum es da nicht steht? Die Bibel war schon so dick, da hat man einiges einfach weggelassen, um Platz zu sparen. Aber ganz sicher hat Josef den Gästen etwas angeboten! Vielleicht nur ein Glas Wasser, wenn er sonst nichts im Haus hatte. Vielleicht aber auch eine Cola oder eine Rosita. Das trinkt ihr ja auch gern, oder?«

In dem Augenblick guckte Schwester Salvadora durch die Tür.

»Doktor, das Christkind ist am Telefon!«

»Ich rufe zurück!«, sagte Fernando. Ihm fiel wieder nicht auf, dass die Kinder plötzlich alle lachten. Sie kannten die Scherze von Schwester Salvadora schon.

Er fuhr in seiner Geschichte fort: »Dann unterhielten sie sich ganz munter, erzählten von ihren Reiseabenteuern, von der schlechten Bezahlung der Hirten und dass der Preis für Schafe auf den Märkten neuerdings gefallen sei, und solche Sachen. Es wurde viel gelacht. Da nahm einer der Könige Josef beiseite und sagte: ›Josef, alter Freund! Mach dich mit deiner Familie auf die Socken! Nimm den Esel mit, damit deine Frau mit dem Kind nicht laufen muss. Denn der König Herodes, der alte Verbrecher, hat davon Wind gekriegt, dass das Christkind geboren wurde und bald ein großer Herrscher sein wird. Irgendwelche Zauberer haben ihm das eingeredet. Das passt ihm nicht in seinen Kram, weil er selber herrschen und alles bestimmen will. Das ist ein ganz fieser Typ, sag ich dir! Jetzt will er im ganzen Land alle neugeborenen Kinder umbringen lassen. Er will selbst der Chef bleiben!‹ Da kriegte Josef einen gewaltigen Schrecken.

›Verflixt und zugenäht! Davon hatte ich ja keine Ahnung! Was mach ich jetzt bloß, wo sollen wir denn hin, König? Was schlägst du vor?‹, fragte er ratlos.

›Am besten, ihr macht euch sofort auf den Weg in unser Nachbarland Ägypten, da finden die euch nie. Außerdem ist allgemein bekannt, dass es in Ägypten ein Gesetz gibt, das es unter Strafe verbietet, Kindern etwas Böses zu tun.‹

›Das ist mal ein guter Vorschlag. Geht in Ordnung. Ist zwar ein bisschen weit, aber das ist mir egal‹, sagte

Josef. ›Danke für den Rat. Sobald die Sonne aufgeht, machen wir uns auf den Weg. Hoffentlich schneit es nicht … Jetzt schlafen wir erst mal eine Runde. Wir haben morgen einen weiten Weg vor uns.‹«
Aus dem Hintergrund schrie ein Mädchen:
»Stimmt das eigentlich mit Ägypten, dass man den Kindern da nichts tut?«
»Natürlich stimmt das. Sonst würde es ja nicht in der Bibel stehen!«
»Ist das nur in Ägypten so?«, wollte William wissen.
»Nein, das war ja vor zweitausend Jahren. Heute sollte es eigentlich überall auf der Welt den Kindern gut gehen. Aber leider müssen Kinder in vielen Ländern immer noch hungern oder schwer arbeiten. Das sollte eigentlich verboten sein!«
Da meldete sich William, der wohl keine Lust hatte, darüber zu diskutieren: »Jetzt die Geschenke! Oder was hast du da in dem Sack?«
Doktor Fernando war die Unterbrechung ganz recht, denn er musste weiter. Er bückte sich und machte sich an dem Sack zu schaffen.
»Mal sehen, was ich da für euch habe. Also hier für dich, Marita, eine schöne Bluse, für dich, Miriam, ein paar Ohrringe, für William eine Rassel. Und für Pepe eine Rosita!«
Stück für Stück zog er die Päckchen, die die Schwester vorbereitet hatte, aus dem Sack, las vor, was auf dem Schildchen stand, und gab es weiter.

Alle Kinder waren schließlich nur noch mit ihren Geschenken beschäftigt. Da wusste Doktor Fernando, dass er ins nächste Zimmer gehen konnte.
»Euch allen schöne Weihnachten!«, rief er und wandte sich zur Tür.
»Danke, Doktor. Schöne Weihnachten!« – »Das mit Ägypten ist toll!« – »Und dass die Könige Butterbrote dabeihatten. Echt cool!«

Als er endlich in das letzte Zimmer kam, war er schon ziemlich erschöpft vom vielen Erzählen. Es war auch schon spät geworden, aber das musste er noch erledigen. In diesem Raum lagen die besonders kranken Kinder. Zuerst ging der Doktor zu dem kleinen Filemón ans Bett und fühlte seine Stirn.
Mit sanfter Stimme sagte er: »Na, wie geht es dir, mein kleiner Zwerg Filemón?«
Filemón antwortete mit piepsiger Stimme: »Die anderen sagen, du würdest uns die Geschichte erzählen, Doktor!«
»Das mache ich auch. Schläfst du dann auch sofort ein?«
Aber Filemón hatte noch eine Frage: »Stimmt das wirklich, dass alle ein Geschenk kriegen?«
»Ja, mein Kleiner. Du auch! Jeder kriegt ein Geschenk.«
»Ich hab noch nie ein Geschenk gekriegt!« Er lächelte den Doktor an. »Dann schlafe ich auch sofort ein.«

Doktor Fernando erzählte den Kindern in diesem letzten Zimmer, wie sich Josef und Maria mit dem Esel auf den Weg nach Ägypten machten, um ihr Jesuskind vor dem bösen König Herodes zu retten. Die drei heiligen Könige und ein paar Hirten begleiteten sie noch ein Stück, erzählte er, weil sie den besten Weg nach Ägypten kannten. Und er berichtete ihnen auch, welche Abenteuer sie unterwegs gemeinsam erlebten. Denn eine Reise durch die Wüste ist anstrengend und manchmal gefährlich, und da konnten Josef und Maria Hilfe gut gebrauchen. Außerdem wollten sie den Soldaten von König Herodes nicht in die Hände fallen.

»Ihr müsst wissen: Wenn sie es bis Ägypten schafften, konnte ihnen nichts mehr passieren«, erzählte Doktor Fernando. »Denn in Ägypten war es streng verboten, Kindern etwas Böses zu tun. Und die Kinder bekommen da jeden Tag ein großes Vanilleeis, schon zum Frühstück. Stellt euch das vor!«

Da überschlugen sich die Kinderstimmen, denn davon hatten sie noch nie gehört.

»Ich will da unbedingt hin.« – »Gibt es das wirklich?« – »Wo ist denn Ägypten oder wie das heißt?«

Diese Nachricht gefiel den Kindern ungemein. Dann verteilte der Doktor seine restlichen Geschenke. Bis jedes Kind etwas bekommen hatte.

»Wie schön. Danke, Doktor. Frohe Weihnachten!«

Er ging noch einmal an Filemóns Bett, um seine Stirn zu fühlen.

»Danke für das schöne T-Shirt mit der Sonne drauf!«, sagte der Kleine.

»Schön, dass es dir gefällt! Jetzt schlaf ein, mein Junge«, sagte Fernando und ging hinaus, um sich im Schwesternzimmer zu verabschieden.

»So, Schwester Salvadora. Ich muss los nach Hause. Da warten meine Familie und ein paar Freunde. Sicher werden sie langsam ungeduldig, weil ich noch nicht da bin! Gab es noch Anrufe für mich?«

»Nein, niemand hat angerufen!«, sagte sie lächelnd, und die anderen Krankenschwestern kicherten vor sich hin. »Frohe Weihnachten, Doktor! Feiern Sie schön!«

Mit müden Schritten ging Doktor Fernando über den Flur zum Ausgang. Er war ziemlich erschöpft und kramte in seinen Jackentaschen nach dem Autoschlüssel.
Da hörte er plötzlich eine Tür, die sich öffnete, dann leise Schritte von nackten Füßen auf den Fliesen. Der Doktor blieb stehen. Zuerst konnte er nicht erkennen, wer ihm da folgte, denn es war schon ziemlich dunkel geworden, und in der Eingangshalle brannte kein Licht.
Da stand der kleine magere Filemón schon vor ihm, barfuß und im Nachthemd. In der Hand hielt er das T-Shirt, das er ihm vor ein paar Minuten geschenkt hatte.
»Mein kleiner Filemón, du solltest doch jetzt schlafen! Was willst du denn noch?«
Verlegen murmelte er: »Du hast mir das T-Shirt geschenkt. Kannst du es mir vielleicht umtauschen?«
»Gefällt es dir nicht? Oder passt es nicht?«, fragte der Arzt verwundert.
»Doch! Es ist schön, und es passt. Aber ich möchte es umtauschen gegen was anderes. Wenn es geht …«
»Dann sag mal, was du dafür haben möchtest, mein Kleiner.«
Filemón druckste herum. »Vielleicht, vielleicht …

kannst du mir eine Bus-Fahrkarte nach Ägypten dafür besorgen?«
Zuerst dachte der Arzt, er habe den Kleinen nicht richtig verstanden.
»Nach Ägypten? Was willst du denn in Ägypten?«, fragte er verwundert.
»Da in Ägypten retten sie Kinder …«, sagte der Junge leise und sah den Arzt mit großen Augen an.

Fernando wusste einen Augenblick lang nicht, was er sagen sollte. Seine Arbeit als Arzt in einer Kinderklinik war nicht immer einfach, aber jetzt fühlte er sich besonders ratlos. War der Junge schon verwirrt im Kopf? War sein Zustand noch ernster, als er vermutet hatte? Im ersten Augenblick dachte er daran, ihn zu den Krankenschwestern oder in sein Zimmer zu bringen. Da erst fiel ihm ein, dass er zuletzt von Josef, Maria und dem Christuskind und ihrer Flucht nach Ägypten erzählt hatte. Um das Jesuskind zu retten.
Sollte er dem kleinen Jungen sagen, das sei doch nur eine alte Geschichte? Und man könne nicht mit dem Bus nach Ägypten reisen? Nein, das konnte er nicht! Auf keinen Fall! Nun war er selber verwirrt und musste seine Tränen zurückhalten.
Was sollte er tun, um den Jungen nicht zu enttäuschen? Ein oder zwei Minuten lang blieb er im Dunkel des Flurs stehen und dachte nach. Er musste irgendeine Entscheidung treffen.

»Komm mit, mein Kleiner!«, sagte er kurz entschlossen. «Für eine solche Reise musst du etwas anderes anziehen. Ohne Sandalen an den Füßen darf niemand nach Ägypten reisen. Und was sollen die Leute von dir denken, wenn du im Nachthemd ankommst!? Wir gehen jetzt in die *Bodega*, die Kleiderkammer. Da kriegst du ein schönes Hemd, eine Hose und Sandalen für die Füße. Denn in Ägypten liegen überall eine Menge Steine herum, das weiß doch jeder!«
»O ja! Ich hab noch nie Sandalen gehabt.«

Der Doktor öffnete die Tür zur Kammer, wo gespendete Kleider für arme Kinder aufbewahrt wurden. Lange kramte er herum, bald fand er in den Regalen, was er suchte.

»Hier ist ein Hemd für dich. Das könnte passen, und hier die elegante Hose. Zieh alles gleich mal an. Und hier ein paar Sandalen. Probier mal. Passt ja alles. Toll siehst du aus!«

Gehorsam zog der Junge an, was ihm der Doktor gab. Als er sich die Sandalen anziehen wollte, sah der Doktor verwundert, dass Filemón ganz schmutzige Füße hatte, so als käme er gerade von der Straße. Hatten die Schwestern vergessen, ihn zu baden? Das kam ihm unwahrscheinlich vor! Aber er sagte erst einmal nichts dazu, weil er zu sehr damit beschäftigt war, zu überlegen, was er jetzt mit dem Kind machen sollte.

»Setz dich mal hier hin!« Doktor Fernando nahm einen Waschlappen und machte ihn am Wasserbecken nass. Dann kniete er vor dem Jungen und wusch ihm sorgfältig den Schmutz von den Füßen. Das machte er gründlich. Filemón ließ es schweigend, ein wenig verlegen, geschehen.

»Und die Fahrkarte? Wie komme ich denn zur Bushaltestelle?«, fragte er ungeduldig, als er sich die Sandalen über die frisch gewaschenen Füße streifte und ein paar Schritte auf und ab ging, um sie auszuprobieren.

»Bist du einverstanden, wenn wir die Reise gemeinsam machen? Wir nehmen mein Auto. Dann brauchst du keine Fahrkarte.«
Filemón war erstaunt. »Hast du wirklich ein eigenes Auto?«
Und dann redete er plötzlich ganz schnell und ein bisschen durcheinander, sodass der Doktor seinen Worten nur mühsam folgen konnte.
»Als ich noch nicht hier war und immer da draußen, mit den anderen, da haben wir an den Ampeln, wenn sie rot waren, also an der Straße oder an einer Kreuzung … immer die Scheiben von Autos abgewaschen, ganz schnell musste das gehen, und dann haben uns die Fahrer manchmal … Manchmal haben sie uns weggeschubst und sind einfach weitergefahren … Und einer hat dreckig gelacht und gegen den Eimer gestoßen, und alles Wasser war weg. Und Gabriél ist hingefallen …«
Doktor Fernando wusste, wovon der Kleine erzählte. Fast an jeder Straßenkreuzung in Managua standen Kinder mit Putztüchern und einer Wasserbüchse, um gegen ein bisschen Geld die Scheiben zu säubern.
Es war das erste Mal, dass er etwas vom bisherigen Leben des Kleinen erfuhr. Die schmutzigen Füße beschäftigten ihn immer noch. Aber er stellte keine Fragen dazu.
Bevor sie das Krankenhaus verließen, guckte Fernando noch einmal in das Schwesternzimmer, den

kleinen Jungen hielt er an der Hand. Schwester Salvadora guckte verwundert von ihrem Schreibtisch auf.

»Schwester Salvadora, rufen Sie doch bitte meine Frau an. Sagen Sie ihr, ich käme eine Stunde später. Filemón und ich haben noch etwas vor.«

»Selbstverständlich!«, sagte sie und fügte verwundert hinzu: »Ihre Frau hat schon nach Ihnen gefragt! Nehmen Sie den Kleinen etwa mit?«

»Machen Sie sich keine Sorgen«, murmelte Fernando. »Ich bringe ihn später zurück, vielleicht aber erst morgen.«

Die Schwester guckte besorgt und fragte leise: »Brauchen Sie meine Hilfe, Doktor?«

»Danke, aber das muss ich wohl allein erledigen«, antwortete er ebenso leise.

Dann verließen Doktor Fernando und Filemón das Hospital und gingen über den Hof zum Parkplatz.

Die beiden stiegen in das Auto des Doktors, und schon brummte der Motor. Fernando fuhr einfach los, langsam durch die Straßen, die in diesem Stadtteil ganz ruhig und still waren. In einigen Fenstern sah man die Lichter von Kerzen an Weihnachtsbäumen, manchmal wurde gesungen, oder man hörte Lieder aus Radios oder Fernsehern. Weil es auch am Heiligen Abend in Managua ziemlich warm war, standen die meisten Fenster offen.

Je näher sie dem Stadtzentrum kamen, umso häufiger hörten sie auf den Plätzen und zwischen den Häusern das Zischen von Leuchtraketen, die in den Nachthimmel stiegen.

»Guck mal, da oben, die bunten Lichter am Himmel!«, sagte Filemón.

»Ja, das machen die Leute immer am Heiligen Abend. Wenn wir noch weiter in die Stadt kommen, werden wir noch mehr davon sehen.«

Immer lauter hörten sie Böllerschüsse und das Zischen von Leuchtkerzen. Filemón war ganz begeistert.
»Das ist aber sehr schön. Das habe ich noch nie gesehen.«
Kann das denn sein?, dachte Fernando. Wo hat der Junge denn bisher den Heiligen Abend verlebt? Aber er fragte nicht.
In diesem Teil der Stadt waren die Straßen noch sehr belebt. Menschen waren unterwegs zu befreundeten Familien, Kinder hatten sich verkleidet und tobten herum. Plötzlich an einer Ampel stand ein Clown neben dem Auto.
»Guck mal. Da ist ein Clown! Der will was von uns!«, sagte Filemón.
Auch Doktor Fernando hatte ihn bemerkt. Da rief der Clown mit gackernder Stimme: »Was sehe ich denn da? Zwei schöne Weihnachtsengel unterwegs! Ein großer und ein kleiner! Wahrscheinlich unterwegs in den Himmel!?«
Dann lachte er und hielt seine offene Hand hin.
»Dummkopf, halt uns nicht auf!«, rief der Doktor. »Wir sind unterwegs nach Ägypten! Hier, nimm diese Geldmünzen und verschwinde!« Dann wandte er sich an Filemón. »Der wollte dich nur begrüßen. Guck mal, viele Leute sind noch unterwegs. Die wollen sicher Freunde besuchen.«
Aber der Junge war in Gedanken ganz woanders.

»Ist es noch weit?«, fragte er.
»Ein bisschen müssen wir noch fahren, Filemón. Da hinten, den Berg hinauf, wo das Denkmal von unserem Freiheitshelden steht.«
»Das ist aber wirklich groß! Kann man denn da rauffahren?«, wollte er wissen.
»Wir müssen langsam fahren, denn es geht steil bergauf. Den Weg fahren nur Leute, die nach Ägypten wollen. Außerdem ist der Weg ziemlich geheim, musst du wissen. Wer in Ägypten nichts zu suchen hat, für den ist die Durchfahrt sowieso verboten!«
»Aber wir!«, sagte Filemón leise und ein bisschen stolz. »Wir dürfen da rauf!«
Aber noch fuhren sie langsam durch die Straßen voller Menschen. Immer mehr Leuchtraketen zischten, verbreiteten ihr Licht am Himmel und verloschen. Der kleine Junge war ganz entrückt, vielleicht hatte er solchen Feuerzauber tatsächlich noch nie gesehen. Oder es wieder vergessen.
Und der Doktor dachte: Ich weiß ja fast gar nichts von ihm!
Plötzlich führte der Weg tatsächlich steil bergauf, immer seltener standen Häuser am Straßenrand, dann gab es nur noch Buschwerk und Felsen. Mühsam und brummend kletterte der Wagen die Schotterstraße hoch, und der Doktor hatte Mühe mit dem Lenkrad. Der Wagen schlingerte hin und her.
Schließlich waren sie oben auf dem Berg angekom-

men. Hier auf dem flachen Gipfel, wo sonst an den Abenden gerne Liebespaare die Aussicht genossen, waren sie heute ganz allein. Sie stiegen aus, und Doktor Fernando nahm Filemón an die Hand.
»Wir sind da! Komm, wir suchen uns einen Platz, wo wir es bequem haben. Hier liegt ein großer Stein. Der ist noch ganz warm von der Sonne. Hier können wir beide sitzen«, sagte er.
Gehorsam folgte ihm der Junge. Von hier oben hatten sie einen weiten Blick über die Stadt.
»Guck mal, die vielen Lichter da unten! So weit man sehen kann!«, sagte der Junge.
Doktor Fernando schwieg.
»Und immer noch Leuchtkerzen am Himmel!«
Fernando wusste, dass er nichts sagen musste. Aber er nahm eine Hand des Jungen in seine.
»Man erkennt jetzt gar keine Menschen mehr!«
Mit seiner rechten Hand zeigte Filemón in die Ferne.
»Guck mal, Doktor! Da machen sie immer noch neue Lichter an … Vielleicht wollen sie auch Schätze suchen.«
Erstaunt blickte Fernando den Jungen an.
»Wieso denn Schätze suchen?«, fragte er vorsichtig.
Filemón sprach wieder ganz schnell und ein bisschen durcheinander, wie immer, wenn er etwas erzählte. Fernando hatte Mühe, alles zu verstehen.
»Weil der dicke Mann und die dicke Frau Schätze suchen wollten, und da brüllte das Kind im Bauch *Ma-*

miiiiita!, ich will hier endlich raus und weiß nicht, was ich anziehen soll, und die Könige machten ihre Kronen sauber, die waren voller Eis, weil es kalt war, aber sie hatten Butterbrote dabei für den Schreiner und für unterwegs und Rosita zum Trinken, und die Hirten haben ihre Schafe allein gelassen und sind auch gekommen, um Kinder zu retten, und haben erst mal die Butterbrote gegessen. Dann haben sie dem dicken Mann das mit dem bösen König erzählt und dass sie schnellstens von hier verduften sollen.

Dann haben sie alle Kinder zusammengeholt und sind nach Ägypten abgehauen – glaube ich. Da war es besser!«
»Alle Kinder haben sie mitgenommen?«, fragte vorsichtig der erstaunte Fernando.
»Klar! Sicher haben sie alle Kinder mitgenommen. Weil der böse König sie sonst kaputt gemacht hätte!«
»Woher kennst du denn diese Geschichte?«, fragte Fernando.
Verlegen antwortete Filemón: »Ich wollte … ich wollte die ganze Geschichte, alle Geschichten, hören und bin durchs Fenster geklettert, und von draußen habe ich an den Fenstern von zwei Zimmern heimlich zugehört. Ich konnte vielleicht nicht alles richtig verstehen, war zu weit weg. Bis Pepe mich zurückgeholt hat und mir Prügel angedroht hat, weil du sonst stinksauer wärst und uns keine erzählen würdest, wegen mir. Weil ich nicht im Bett war.«
»Deshalb also hattest du schmutzige Füße«, sagte Fernando.
Filemón nickte verlegen.
Nach einer nachdenklichen Pause beruhigte Fernando den Jungen: »Keine Sorge, mein kluges Kind! Du hast alles richtig verstanden. Besser als alle, die sonst darüber reden.« Er war überwältigt von dieser Erzählung und musste noch einmal seine Tränen unterdrücken.
»Ist das Ägypten da unten?«, fragte Filemón und zog

mit seiner rechten Hand einen weiten Bogen, als wollte er auf das ganze Land zeigen.
Zögernd, aber doch mit sicherer Stimme sagte der Arzt: »Heute ist das Ägypten und die ganze Welt!«
Der Kleine drückte seine Hand und sah noch einmal zu ihm auf.
»Wissen die Leute da unten, dass ich hier bin?«
»Aber sicher wissen die das. Sie wissen es alle!«, sagte Fernando leise. Nach einer nachdenklichen Pause fuhr er fort: »Aber da gibt es auch einige, die denken nur an sich selbst. Die wissen es nicht. Aber die interessieren uns auch nicht, nicht wahr?«
Doch Filemón hatte nicht mehr richtig zugehört. Er war schon wieder ganz versunken in das Bild der Stadt, mit den Tausenden von Lichtern. Eigentlich war sie heruntergekommen und hässlich, diese Stadt; noch immer voller Trümmer und Ruinen vom letzten Erdbeben. Aber die bunten Lichter verzauberten alles und verdeckten das Dunkle. Und immer noch stiegen Leuchtkerzen auf und verglühten. Manchmal zeigte der Kleine mit einer Hand hierhin und dorthin, wenn er besonders begeistert war.
Der Mond war aufgestiegen, und man konnte jetzt am Horizont den Vulkan Momotómbo ganz deutlich sehen. Das Mondlicht schien sich auf den Abhängen zu spiegeln; ein leichter weißer Rauch stieg aus der Spitze des Vulkans und zog in den weiten Nachthimmel.

»Was ist das für ein Berg da hinten?«, fragte Filemón seinen Begleiter.
Einen Moment lang überlegte Fernando.
»In Ägypten nennt man sie Pyramiden. Da sind die Könige zu Hause«, sagte er.
Plötzlich war Filemón ganz aufgeregt.
»Siehst du den weißen Rauch da oben? Der König hat ein Feuer angezündet. Vielleicht weil ich gekommen bin, will er ein Essen kochen!«
»Ganz sicher! Er weiß natürlich, dass du hier bist«, bestätigte Fernando.
»Dann ist ja alles gut«, flüsterte Filemón.

Da sah der Junge seinen Begleiter noch einmal an, es war nur ein ganz kurzer Blick. Aber es reichte aus, dass der Doktor in seinen Augen einen Glanz sah, den er bei diesem kranken Kind noch nie gesehen hatte.
Vielleicht gibt es diesen Glanz zum ersten Mal in seinem kurzen Leben, dachte Doktor Fernando.
Dann sank Filemóns Kopf auf das Knie des Doktors.
Er war eingeschlafen.

Doktor Fernando blieb noch ein paar Minuten lang nachdenklich sitzen, sah dann auf seine Armbanduhr. Seit er das Krankenhaus verlassen hatte, war mehr als eine Stunde vergangen, und ihm fiel wieder ein, dass zu Hause Gäste und seine Familie warteten.
Wieder musste er überlegen, was er tun sollte.
Ach, dachte er, ich kann den Kleinen auch morgen noch in das Krankenhaus zurückbringen. Jetzt wollte er keine Zeit verlieren.
Vorsichtig nahm er den schlafenden Jungen auf den Arm und trug ihn zum Auto. Er legte ihn auf den Rücksitz und fuhr langsam und vorsichtig den Berg hinunter.

Bei der Ankunft vor seinem Haus wurde Fernando freudig von seinen Gästen und seiner Familie begrüßt. Er und seine Frau hatten ein paar befreundete Ehepaare eingeladen und zwei ältere Männer aus

der Nachbarschaft, deren Frauen vor Kurzem gestorben waren. Weihnachten sollte niemand allein sein, hatten sie gemeinsam beschlossen. Jetzt umgab den Doktor ein rechtes Stimmengewirr.
Wo hast du gesteckt, Fernando?
Wir warten schon!
Wen bringst du denn da mit?
Die Kerzen am Weihnachtsbaum brennen schon.
Alle betraten das Weihnachtszimmer, wo ein großer Christbaum mit vielen Kerzen stand und der Tisch festlich gedeckt war.
Filemón wachte auf, als der Arzt ihn vorsichtig auf den Stuhl setzte, neben seinen Platz als Hausherr. Die Versammlung der Gäste und Doktor Fernandos erwachsene Kinder standen noch herum. Sie hielten ihre Gläser in der Hand, im Radio spielte leise Musik. Schweigend und ein wenig unsicher betrachteten jetzt alle den unbekannten kleinen Gast mit dem verschlafenen Gesicht, den Fernando mitgebracht hatte. Bisher hatte der Doktor den Jungen noch nicht vorgestellt.
Während das Essen aufgetragen wurde, fasste sich seine Frau ein Herz und unterbrach das Schweigen.
»Fernando, gut, dass du da bist, mein Lieber! Wo habt ihr denn gesteckt?«
Aber nicht ihr Ehemann antwortete, sondern Filemón sagte mit heller selbstbewusster Stimme: »In Ägypten – und wir sind noch unterwegs! Der König

hat extra für mich ein Feuer angezündet! Wegen des Essens hier! Und weil ich erwartet wurde! Alle wissen, dass ich gekommen bin.«

Keiner der Gäste, niemand aus seiner Familie lachte oder machte dumme Bemerkungen. Sie, die eben noch ungeduldig auf den Hausherrn gewartet hatten, damit das Abendessen beginnen konnte, waren verzaubert von dieser kleinen Gestalt und ihren rätselhaften Worten. Es war, als würde das Kind ein Glanz, ein Geheimnis umgeben.

Bald waren alle eifrig mit dem Essen beschäftigt. Trotzdem standen der Junge und seine Geschichte von Ägypten und einem rätselhaften König im Mittelpunkt.

Wenn die Gäste fragend den Doktor ansahen, lächelte der nur, schüttelte leicht den Kopf, aber er erklärte nichts.

Es wurde das ungewöhnlichste Essen an einem Heiligen Abend, das sie jemals erlebt hatten. Niemand von ihnen würde den kleinen Patienten Filemón, den Gast aus Ägypten, der von einem König erzählte, je vergessen.

Filemón hatte alle Scheu abgelegt und füllte sich den Teller. Er langte kräftig zu.

Leise flüsterte Fernandos Frau: »Dein kleiner Gast aus Ägypten hat aber einen gewaltigen Hunger mitgebracht!«

Lächelnd sagte Fernando: »Kein Wunder, dass er

hungrig ist. Er hat schließlich eine lange Reise hinter sich, vergiss das nicht!«
Filemón schlief in dieser Nacht im Zimmer von Doktor Fernando und seiner Frau. Sie hatten ein Bett aufgestellt. Damit war auch Fernandos Frau sofort einverstanden, ohne Fragen zu stellen. Beide stimmten überein, das Kind solle nicht allein in einem fremden Haus im Gästezimmer schlafen.
Die beiden lauschten noch lange auf seine ruhigen Atemzüge. Denn Filemón schlief tief und fest.
Leise flüsternd erzählte Fernando seiner Frau die neue Weihnachtsgeschichte; von den schmutzigen Füßen, von der wunderbaren Rettung aller Kinder

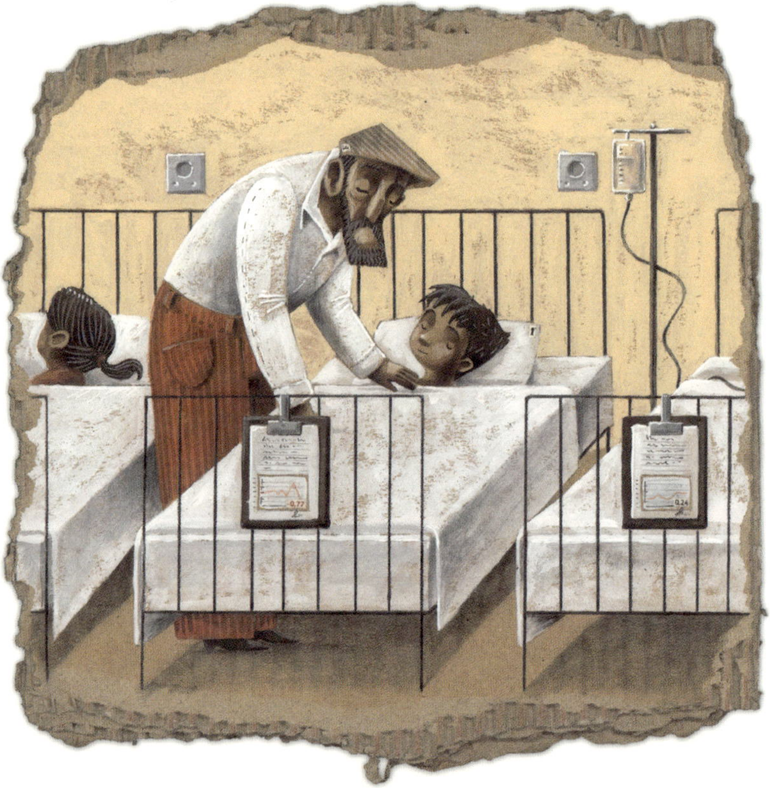

und von einem Land, in dem Kindern nichts Böses geschehen würde.

Früh am Morgen, es war noch dunkel, nahm der Doktor Filemón auf den Arm und brachte ihn mit dem Auto in das Krankenhaus zurück, wo noch alle Kinder tief im Schlaf lagen. Auch der kleine Filemón schlief noch, als er ihm vorsichtig die Sandalen auszog, ihn in sein Bett legte und zudeckte. Dann ging er in sein Büro, um den lästigen Verwaltungskram zu erledigen, wie an jedem frühen Morgen. Dafür hatte er tagsüber keine Zeit.
Ein paar Stunden später beschloss er, die Schwestern zu begrüßen und eine Runde durch die Krankenzimmer zu machen.
»Guten Morgen, Schwester Salvadora, nun wird es aber Zeit, dass Sie nach Hause zu Ihrer Familie fahren! Gab es noch Anrufe für mich?«
»Keine Anrufe«, sagte sie lächelnd.
»Umso besser! Jetzt sollten Sie aber auch Weihnachten feiern. War alles ruhig heute Nacht?«
»Keine Sorge«, sagte Schwester Salvadora. »Es war alles ruhig und normal. Nur heute Morgen, als wir das Frühstück zu den Kindern gebracht haben, erlebte ich eine Überraschung. Stellen Sie sich vor, Doktor, der kleine Filemón hatte rote Bäckchen und wollte eine doppelte Portion haben! Dem scheint es besser zu gehen.«

»Hm! Hat er von unserer Reise erzählt?«
»Kein Wort hat er erzählt, aber er lächelte sehr zufrieden, als ich ihn danach fragte. Vielleicht besinnt er sich irgendwann anders und erzählt von seinem Abenteuer, das er mit Doktor Fernando erlebt hat.«
Der Arzt hatte die vorsichtige Aufforderung, von der vergangenen Nacht zu erzählen, durchaus nicht überhört. Aber er tat so, als hätte er das nicht verstanden.
»Lassen Sie Filemón so viel essen, wie er will, Schwester Salvadora. Kindern muss man geben, was sie brauchen«, sagte Doktor Fernando.
»Weiß man das immer so genau, Doktor?«
Der Arzt lächelte, während er seinen weißen Kittel zuknöpfte. An seiner langsamen Art zu sprechen bemerkte Salvadora, dass er über die richtige Antwort nachdachte.
»Wir versuchen einfach, es herauszufinden, Schwester! Das ist nicht immer ganz einfach, weil es mühsam ist, die Kinder und ihre Bedürfnisse zu begreifen. Manchmal ist es ein doppeltes Frühstück, manchmal eine tröstliche Geschichte oder eine weite Reise wie gestern Abend. Die Hauptsache ist doch, kranken Kindern Hoffnung zu geben! Sonst könnten wir alle unsere Bemühungen an den Nagel hängen.«
Er stand noch einen nachdenklichen Moment in der Tür, dann verabschiedete er Schwester Salvadora.
»Darüber reden wir sicher noch, Schwester! Es ist ja

die wichtigste Frage, wenn man mit Kindern zu tun hat … Nun machen Sie erst einmal Feierabend! Und frohe Weihnachten!«

Hermann Schulz, geboren 1938 in Ostafrika, leitete von 1967 bis 2001 in Wuppertal den Peter Hammer Verlag. Reisen führten ihn in mehr als fünfzig Länder; Nicaragua besuchte er zwischen 1969 und 2015 mehr als zwanzig Mal.
Seit 1998 veröffentlicht er regelmäßig eigene Bücher für Kinder, Jugendliche und Erwachsene. Zuletzt sind erschienen: »Mandela & Nelson« (›Das Länderspiel‹ und ›Das Rückspiel‹); »Die Nacht von Dar es Salaam« (2014); »Warum wir Günter umbringen wollten« (2014); »Lady Happy und der Zauberer von Ukerewe« (2016).

Tobias Krejtschi, Jahrgang 1980, verbrachte seine Kindheit in Dresden, die Jugendjahre und Schulzeit im fränkischen Odenwald. Er studierte Illustration in Hamburg an der Hochschule für Angewandte Wissenschaften.
Er arbeitet als freischaffender Illustrator, Autor und Bilderbuchkünstler. Seine Bücher sind mit zahlreichen Auszeichnungen prämiert. Unter anderem wurde er gemeinsam mit Hermann Schulz für »Die schlaue Mama Sambona« für den Deutschen Jugendliteraturpreis nominiert. Zuletzt sind erschienen: »Ein roter Schuh« (Text: Karin Gruß; 2013), »Nis Randers« (Text: Otto Ernst; 2015) und »Kleopatra« (Text: Will Gmehling; 2015).